COLLECTION DE M. T.

SECONDE VENTE

BEAUX VERRES IRISÉS

Très belles Miniatures Indo-Persanes anciennes

MANUSCRITS ANCIENS RICHEMENT ENLUMINÉS

Jolies Faïences de fouilles

TAPIS D'ORIENT

Objets divers

VENTE

HOTEL DROUOT - SALLE N° 11

Le Samedi 17 Janvier 1914

A 2 HEURES

Mᵉ E. BOUDIN	**M. J. ENKIRI**
COMMISSAIRE-PRISEUR	EXPERT
14, Rue Grange-Batelière	*46, Rue de Grenelle*

EXPOSITION PARTICULIÈRE : chez M. ENKIRI, 46, Rue de Grenelle
les Mardi 13, Mercredi 14 et Jeudi 15 Janvier 1914, de 2 h. à 6 h.

EXPOSITION PUBLIQUE : Hôtel Drouot, Salle n° 11
le Vendredi 16 Janvier 1914, de 2 heures à 6 heures

C. Choufour, Imprim.
6-8, Rue Milton, Paris

C. Choufour, Imprim.
6-8, Rue Milton, Paris

CONDITIONS DE LA VENTE

La vente aura lieu expressément au comptant.

Les acquéreurs paieront dix pour cent en sus des enchères.

M. Enkiri, expert, 46, rue de Grenelle, se charge d'exécuter à titre gracieux, les commissions qui lui seront confiées.

DÉSIGNATION

VERRES IRISÉS DE SYRIE
ÉPOQUES PHÉNICIENNE, GRECQUE, ROMAINE
BYZANTINE ET ARABE

1 — Beau flacon forme biberon. Splendidement irisé.

Haut. : 0m10.

2 — Beau flacon forme biberon. Splendidement irisé.

Haut. : 0m09.

3 — Amphore jaune clair, pied en cercle bleu, panse côtelée, deux anses bleues réunies par un anneau également bleu tombant du milieu du col sur le haut de la panse, ouverture évasée et formant bec. Irisée.

Haut. : 0m13.

4 — Flacon rouge, panse pomiforme, ouverture évasée. Magnifiquement irisé.

Haut. : 0m11.

5 — Petite bouteille bleue, panse rouleau, col étroit. Magnifiquement irisée.

Haut.: 0ᵐ07.

6 — Amphorisque jaune clair, panse en cône renversé, deux anses attachées par un anneau tombant du milieu du col sur le haut de la panse, ouverture évasée. Magnifique irisation intérieure couleur bouton d'or.

Haut. : 0ᵐ19.

7 — Jolie bouteille bleue, panse piriforme, col étroit et haut. Irisation charmante et d'un bel effet.

Haut. : 0ᵐ11.

8 — Elégant petit lécythe, pied plat, panse amphorisque, col étranglé à la base, anse fine et accoudée, ouverture évasée à doubles bords. Très belle irisation cendrée.

Haut. : 0ᵐ08.

9 — Beau flacon, panse rouleau, col bas, ouverture étroite à rebords. Magnifiquement irisé.

Haut. : 0ᵐ11.

10 — Joli petit flacon pomiforme et cannelé en pâte épaisse. Magnifiquement irisé.

Haut. : 0ᵐ05.

11 — Belle bouteille bleue, panse pomiforme et côtelée, col étroit et bas, ouverture à larges bords. Magnifiquement irisée.

Haut.: 0ᵐ09.

12 — Œnochoé à pied, panse amphorisque, anse large cannelée et plate, col ouverture trilobée. Irisée.

Haut. : 0^{m}12.

13 — Beau petit flacon en pâte épaisse, panse pomiforme cannelée, col large. Splendidement irisé.

Haut. : 0^{m}06.

14 — Très beau flacon, pied en pointes, panse piriforme et côtelée, col bas et étranglé à l'intérieur, ouverture très évasée et à doubles rebords. Magnifique irisation perlée.

Haut. : 0^{m}12.

15 — Patère très élégante à manche large et plat. Très irisée.

Pièce très rare.

16 — Beau flacon, panse amphorisque, col étroit et haut. Magnifiquement irisé.

Haut. : 0^{m}12.

17 — Flacon en forme de pomme de sapin. Irisé.

Haut. : 0^{m}09.

18 — Lécythe à panse quadrilatérale, col et anse bas. Très irisé.

Haut. 0^{m}10.

19 — Petite amphore en pâte noire ornée sur le haut de la panse de filets en zigzags bleu turquoise, col très bas ayant deux petites anses.

Haut. : 0^{m}05.

20 — Belle coupe côtelée en pâte rouge clair. Magnifiquement irisée.

Haut. : 0^m05. Diam.: 0^m12.

21 — Petit lécythe bleu, panse ovoïde, col et anse très
bas, ouverture évasée. Irisé.

Haut. : 0^m07.

22 — Petit flacon, panse ornée de colonnettes et de vases
en relief, col haut et étroit. Irisé.

Haut. : 0^m08.

23 — Petite amphore rouge clair, panse ornée de côtes et
d'une guirlande circulaire en relief, deux petites anses
vert clair, col bas, ouverture évasée.

Haut.: 0^m07.

24 — Œnochoé bleu vert sombre, anse fine et torsadée en
pâte rougeâtre, bec trilobé et pied en cercle.

Haut. : 0^m11.

25 — Beau flacon, panse pomiforme ornée de dessins
gravés, col entonnoir. Magnifiquement irisé.

Haut.: 0^m14.

26 — Lécythe à pied plat, panse amphorisque, col haut,
anse noire et large. Irisé.

Haut. : 0^m24.

27 — Veilleuse de mosquée en forme de cône renversé,
ornée vers l'ouverture de pointes saillantes et noires.
Irisée.

Haut. : 0^m15.

28 — Flacon à panse large et côtelée et à très large ouverture. Bien irisé.

Haut.: 0^m11.

29 — Œnochoé à pied plat, panse amphorisque, col haut, ouverture trilobée, anse ronde et bleue. Très irisée.

Haut. : 0^m17.

30 — Coupe à pied et à doubles rebords. Très irisée.

Haut.: 0^m05; Diam. : 0^m08.

31 — Lécythe rougeâtre, panse pomiforme ornée de côtes et de dessins gravés, col renflé vers la base, ouverture évasée, une petite anse bleu sombre et très fine tombe de l'orifice sur le renflement du col.

Haut. : 0^m13.

32 — Lécythe phénicien en pâte bleue verte ornée de dessins blancs incrustés.

Haut. : 0^m16.

33 — Treize bracelets dont plusieurs splendidement irisés.

A diviser.

34 — Huit verres différents.

A diviser.

MINIATURES INDO-PERSANES POLYCHROMES
ET ENCADRÉES

35 — Scène de départ pour un pèlerinage : Un jeune seigneur entouré d'amis est à la porte de sa maison. Il
tend les mains pour recevoir un animal qu'une servante descend péniblement sur les épaules d'un étage
supérieur. A sa droite un magnifique coursier est
maintenu par des domestiques. Dans le jardin, aux
arbres et plantes fleuris, deux seigneurs attendent le
départ et aux fenêtres et balcons des deux étages de la
maison, des groupes de princes et princesses regardent, angoissés, descendre la servante chargée de
l'animal. Très belle miniature finement exécutée, les
figures sont très expressives et les couleurs des vêtements des personnages et des ornements de la maison
sont riches et belles. XVIᵉ siècle

36 — Scène de combat : Sur un plateau devant une
colline, des cavaliers ennemis, en rangs séparés,
regardent quelques faits d'armes : 1º Près de la colline
deux cavaliers sont en corps à corps ; 2º Au milieu de
la scène un guerrier dont le cheval est richement
caparaçonné, cherche à désarçonner son adversaire en
tirant sur le lacet qu'il a réussi à lui jeter au cou ;
3º Plus bas, un cavalier dont le haut du casque est
empoigné par un adversaire désarçonné et décapité,
cherche à se maintenir sur son coursier. Dans les deux
rangs et du côté de la colline, des guerriers soufflent

dans leurs instruments de cuivre et semblent appeler une armée qui surgit en rangs serrés de derrière un mamelon un peu lointain. Les oiseaux des lieux, épouvantés par le bruit des cuivres et les cris des guerriers, prennent leur essor pour s'enfuir. Très belle miniature, à l'exécution très fine, à l'arrangement très agréable et aux couleurs riches et belles. XVIe siècle.

37 — Dans un paysage et à l'ombre d'un arbre, deux musiciens jouent de leurs instruments pour le plaisir d'un riche voyageur qui a quitté sa monture et s'est approché d'eux pour les mieux écouter. Très belle miniature du XVIe siècle.

38 — Caravane surprise par des cavaliers bandits. Belle miniature du XVIe siècle.

39 — Visite à un ermite : A l'intérieur d'une grotte au bas de la montagne et près d'un cours d'eau, deux seigneurs à genoux embrassent les mains d'un ermite. Dehors d'autres visiteurs se dirigent vers la grotte, et sur l'autre rive trois riches cavaliers descendus de leurs montures attendent pieusement le moment d'avancer. Rochers, arbres, gazelles et fleurs des champs. Très belle miniature du XVIe siècle.

40 — Promenade galante : Sur fond noir laqué et parsemé de plantes et de fleurettes dorées. Une princesse écarte son voile d'une façon engageante devant un seigneur qui la regarde amoureusement. Très belle miniature rare du XVIIe siècle.

41 — Dans un paysage, une princesse vêtue d'un ample manteau aux plis multiples et souples, lève ses bras et regarde le ciel d'un air suppliant. Belle grisaille, inspiration italienne xviie siècle.

42 — Intérieur d'un hammam, xviiie siècle.

43 — Retour d'une armée victorieuse musique en tête, xviie siècle.

44 — Chevauché royale, xviie siècle.

45 — Exécution d'un condamné. Le roi et la reine qui assistent au supplice, sont divertis par des musiciens, xviie siècle.

46 — Jeune homme donnant à manger à des pigeons. xviie siècle.

47 — Figures allégoriques.

48 — Divertissements royaux : Danse et musique. Belle miniature fin du xviiie siècle.

49 — Un jeune homme vêtu de blanc et monté sur un beau coursier noir tacheté de blanc, essaie de traverser au galop un immense bûcher aux hautes flammes. Un peu plus loin et aux fenêtres d'une maison voisine, de nombreux spectateurs hommes et femmes regardent cette scène, les uns angoissés et les autres enthousiasmés. Sur un grand arbre, au feuillage vert-rouge et jaune, un animal noir, de la taille d'un singe, se tient debout en s'appuyant aux branches voisines et regarde étonné l'homme dans les flammes. Belle miniature de la fin du xviiie siècle.

5o — Des prêtres, le Coran à la main discutent les versets
devant deux seigneurs qui les écoutent attentivement.
Belle miniature de la fin du xviiie siècle.

5i — Cavaliers tenant des étendards et soufflant dans des
instruments, regardant supplicier un ennemi. Be.le
miniature de la fin du xviiie siècle.

52 — En bas : Devant son fils qu'il retrouve poignardé,
un seigneur est à genoux se déchirant les vêtements
de désespoir; à gauche, le meurtrier est gardé par
deux guerriers. En haut : Des cavaliers qui avaient
accompagné le père à la recherche de son fils, regardent
attristés le malheur de leur compagnon. Belle miniature de la fin du xviiie siècle.

53 — Loin de la ville dont on aperçoit les maisons et les
minarets, un fakir, vêtu d'une peau, et appuyant sa
tête sur son bâton posé à son épaule, égraine un
chapelet et regarde pensif l'immensité de l'horizon.
Belle miniature de l'inspiration italienne, xviie siècle.

MANUSCRITS

54 — Beau manuscrit richement enluminé et contenant
deux jolies miniatures. Sujet : Traité de philosophie
divine. Soumission entière de l'homme à la volonté
de Dieu. Les deux scènes de chasse que représentent
les miniatures, symbolisent l'immolation de soi-même
par laquelle tout homme peut s'élever jusqu'à la plus
haute dignité spirituelle. Il est signé par Imad-ul-Has-
sayni et sur la dernière page figure le sceau du Shah
Abbas-le-Grand (1587-1629). Suivant le catalogue
persan du Bribish Museum, page 519 bis, le célèbre
calligraphe Imad-ul-Hussayni, fut le premier secré-
taire de la cour du Shah Abbas-le-Grand. Le sceau
royal ainsi que la signature du célèbre calligraphe
attestent que ce joli petit manuscrit a été spécialement
écrit et enluminé pour le grand Abbas et qu'il lui a
appartenu de son vivant.

55 — Poésies du célèbre Hafiz. Ce beau manuscrit est de
la fin du xve siècle. Il est richement enluminé et
contient une très belle miniature représentant un
festin offert par le Shah à sa favorite. Le nom de l'ar-
tiste qui a composé ce petit chef-d'œuvre est malheu-
reusement effacé.

56 — Beau manuscrit richement enluminé et daté de 925
de l'Hegire. A la première page il est écrit qu'il a
appartenu au sultan Mouhamed.

FAIENCES DE FOUILLES

57 — Amphore à deux anses, émail bleu turquoise. Très
irisé.

Haut. : 0m22.

58 — Brik panse cylindrique à plusieurs côtes, col rentré
vers la base, ouverture trilobée, anses et pied, dessins
noirs sur fond bleu turquoise. Magnifiquement irisé.

Haut. : 0m18.

59 — Brik anse courbée, panse sphérique, goulot large,
dessins noirs sur fond bleu turquoise. Magnifiquement
irisé.

Haut. : 0m13.

60 — Vase à pied, panse sphérique, ouverture large,
petite anse courbe au col, émail bleu turquoise orné
de dessins noirs, rosaces et réserves.

Haut. : 0m14.

61 — Beau vase à pied, panse sphérique et basse, col très
large ayant deux anses, émail bleu turquoise à dessins
noirs. Magnifiquement irisé.

Haut. : 0m13.

62 — Une petite lampe basse bleu turquoise. Magnifiquement irisé.

63 — Petite potiche fond blanc à dessins rouges métallique.

Haut. : 0^m19.

64 à 67 — Quatre bols fond blanc à dessins rouge métallique.

68-69 — Deux bols persans, Raghès et Sultanabad.

70 — Biche bleue et blanche. Perse.

71 — Encrier bleu turquoise. Perse.

72 — Brik, émail vert orné de branches fleuries. Perse.

Haut. : 0^m18.

73 — Grand plat bleu turquoise orné de dessins noirs. Asie-Mineure.

FAIENCES DE DAMAS ET DE RHODES

74 — Grand plat en ancienne faïence de Rhôdes, fond blanc à décor polychrome, branchages entremêlés tulipes, jacinthes et autres.

75 — Un panneau de deux grands carreaux en ancienne faïence de Damas, branches fleuries, polychromes sur fond blanc.

76 — Un grand carreau en ancienne faïence de Damas branches fleuries, polychromes sur fond blanc.

77 — Coupe de Damas, fond blanc à décors et inscriptions bleues et noires.

FAIENCES DE PERSE

78-79 — Deux panneaux formés de plusieurs étoiles provenant de fouilles.

>Seront vendus séparément.

80 — Six potiches bleues à dessins noirs.

>Seront vendues séparément.

81 — Seize potiches fond blanc à dessins jaunes ou noirs.

>Seront vendues séparément.

82 — Quinze plats et assiettes bleus à dessins noirs.

>A diviser.

83 à 85 — Trois plats de Boukara polychromés.

OBJETS DIVERS

86 — Miroir en bois laqué polychrome. Perse.

87 — Etoffe en soie et or représentant le Christ sur la croix entre la Vierge et St-Jean.

88 — Un lot d'ivoire.

89 — Huit cylindres assyriens en matières dures.

90 — Dix monnaies en argent, grecques et romaines.

91 — Un lot d'objets en bronze, d'intailles et de petits ronds en émail.

92 — Quatre plaques religieuses, genre byzantin.

TAPIS ET ÉTOFFES D'ORIENT

93 — Quatre tapis de soie.

> Seront vendus séparément.

94 — Huit tapis de laine.

> Seront vendus séparément.

95 — Un lot de six étoffes et velours,

> Seront vendus séparément.

96 — Objets omis.

Les tapis et une partie des faïences ne seront visibles qu'à l'Hôtel Drouot.